太阳

是

我的名字

海子 - 著

山东人民出版社

国家一级出版社 全国百佳图书出版单位

目 录

## 亚洲铜

亚洲铜，亚洲铜
祖父死在这里，父亲死在这里，我也将死在这里
你是唯一的一块埋人的地方

亚洲铜，亚洲铜
爱怀疑和爱飞翔的是鸟，淹没一切的是海水
你的主人却是青草，住在自己细小的腰上，
　守住野花的手掌和秘密

亚洲铜，亚洲铜
看见了吗？那两只白鸽子，它是屈原遗落在沙滩上的白鞋子
让我们——我们和河流一起，穿上它吧

亚洲铜，亚洲铜
击鼓之后，我们把在黑暗中跳舞的心脏叫做月亮
这月亮主要由你构成

1984.10

# 阿尔的太阳[①]　　——给我的瘦哥哥

"一切我所向着自然创作的，是栗子，从火中取出来的。啊，那些不信仰太阳的人是背弃了神的人。"[②]

---

[①] 阿尔系法国南部一小镇，凡·高在此创作了七八十幅画，这是他的黄金时期。——海子自注。

[②] 引文摘自凡·高致其北泰奥书信。——编者注。

到南方去

到南方去

你的血液里没有情人和春天

没有月亮

面包甚至都不够

朋友更少

只有一群苦痛的孩子，吞噬一切

瘦哥哥凡·高，凡·高啊

从地下强劲喷出的

火山一样不计后果的

是丝杉和麦田

还是你自己

喷出多余的活命的时间

其实，你的一只眼睛就可以照亮世界

但你还要使用第三只眼，阿尔的太阳

把星空烧成粗糙的河流

把土地烧得旋转

举起黄色的痉挛的手，向日葵

邀请一切火中取栗的人

不要再画基督的橄榄园

要画就画橄榄收获

画强暴的一团火

代替天上的老爷子

洗净生命

红头发的哥哥，喝完苦艾酒

你就开始点这把火吧

烧吧

1984.4

## 单翅鸟

单翅鸟为什么要飞呢
为什么
头朝着天地 [①]
朝着许多束朴素的光线

菩提，菩提想起
石头
那么多被天空磨平的面孔
都很陌生
堆积着世界的一半
摸摸周围
你就会捡起一块
砸碎另一块

单翅鸟为什么要飞呢
我为什么
喝下自己的影子
揪着头发作为翅膀
离开

也不知天黑了没有
穿过自己的手掌比穿过别人的墙壁还难
单翅鸟
为什么要飞呢

肥胖的花朵
喷出水
我眯着眼睛离开
居住了很久的心和世界

你们都不醒来
我为什么
为什么要飞呢

1984.9

———————————
① 原文如此。——编者注。

## 跳跃者

老鼻子橡树
夹住了我的蓝鞋子
我却是跳跃的
跳过榆钱儿
跳过鹅和麦子
一年跳过
十二间空屋子和一些花穗
从一口空气
跳进另一口空气
我是深刻的生命

我走过许多条路
我的袜子里装满了错误
日记本是红色的
是红色的流浪汉
脖子上写满了遗忘的姓名，跳吧
跳够了我就站住
站在山顶上沉默
沉默是山洞
沉默是山洞里一大桶黄金
沉默是因为爱情

1984.12

春天 的

夜晚 和

早晨

夜里

我把古老的根

背到地里去

青蛙绿色的小腿月亮绿色的眼窝

还有一枚绿色的子弹壳，绿色的

在我脊背上

纷纷开花


早晨

我回到村里

轻轻敲门

一只饮水的蜜蜂

落在我的脖子上

她想

我可能是一口高出地面的水井

妈妈打开门

隔着水井

看见一排湿漉漉的树林

对着原野和她

整齐地跪下

妈妈——他们嚷着——

妈妈

1984.10

## 历史

我们的嘴唇第一次拥有
蓝色的水
盛满陶罐
还有十几只南方的星辰
火种
最初忧伤的别离

岁月呵

你是穿黑色衣服的人
在野地里发现第一枝植物
脚插进土地
再也拔不出
那些寂寞的花朵
是春天遗失的嘴唇

岁月呵，岁月

公元前我们太小
公元后我们又太老
没有人见到那一次真正美丽的微笑
但我还是举手敲门
带来的象形文字
撒落一地


岁月呵
岁月

到家了

　我缓缓摘下帽子
　靠着爱我的人
　合上眼睛
　一座古老的铜像坐在墙壁中间
　青铜浸透了泪水


　岁月呵

1984

# 坛子

这就是我张开手指所要叙说的事
那洞窟不会在今夜关闭。 明天夜晚也不会关闭
额头披满钟声的
土地
一只坛子

我头一次也是最后一次进入这坛子
因为我知道只有一次
脖颈围着野兽的线条
水流拥抱的
坛子
长出朴实的肉体

这就是我所要叙述的事
我对你这黑色盛水的身体并非没有话说
敬意由此开始，接触由此开始
这一只坛子，我的土地之上
从野兽演变而出的
秘密的脚，在我自己尝试的锁链之中。
正好我把嘴唇埋在坛子里，河流
糊住四壁，一棵又一棵
栗树像伤疤在周围隐隐出现
而女人似的故乡，双双从水底浮上，询问生育之事

# 日光

梨花
在土墙上滑动
牛铎声声

大婶拉过两位小堂弟
站在我面前
像两截黑炭

日光其实很强
一种万物生长的鞭子和血!

**粮食**　　　埋着猎人的山冈
　　　　　　是猎人生前唯一的粮食

　　　　　　粮食
　　　　　　是图画中的妻子

　　　　　　西边山上
　　　　　　九只母狼
　　　　　　东边山上
　　　　　　一轮月亮

　　　　　　反复抱过的妻子是枪
　　　　　　枪是沉睡爱情的村庄

## 村庄

村庄，在五谷丰盛的村庄，我安顿下来
我顺手摸到的东西越少越好！
珍惜黄昏的村庄，珍惜雨水的村庄
万里无云如同我永恒的悲伤

1986

# 麦地

吃麦子长大的
在月亮下端着大碗
碗内的月亮
和麦子
一直没有声响

和你俩不一样
在歌颂麦地时
我要歌颂月亮

月亮下
连夜种麦的父亲
身上像流动金子

月亮下
有十二只鸟
飞过麦田
有的衔起一颗麦粒
有的则迎风起舞，矢口否认

看麦子时我睡在地里
月亮照我如照一口井
家乡的风
家乡的云
收聚翅膀
睡在我的双肩

麦浪——
天堂的桌子
摆在田野上
一块麦地

收割季节
麦浪和月光
洗着快镰刀

月亮知道我
有时比泥土还要累
而羞涩的情人
眼前晃动着
麦秸

我们是麦地的心上人

收麦这天我和仇人

握手言和

我们一起干完活

合上眼睛，命中注定的一切

此刻我们心满意足地接受

妻子们兴奋地

不停用白围裙

擦手

这时正当月光普照大地。

我们各自领着

尼罗河、巴比伦或黄河

的孩子 在河流两岸

在群蜂飞舞的岛屿或平原

洗了手

准备吃饭

就让我这样把你们包括进来吧

让我这样说

月亮并不忧伤

月亮下

一共有两个人

穷人和富人

纽约和耶路撒冷

还有我

我们三个人

一同梦到了城市外面的麦地

白杨树围住的

健康的麦地

健康的麦子

养我性命的妻子！

1985.6

## 果园

鹿的眼
两扇有婴儿啼哭
的窗户。沉积在
有河水的果园中
鹿的角
打下果实
打下果实中
劳动的妇人
体内美如白雪的婴儿
已被果园的火光
烧伤。妇人依然
低坐
比果树
比鹿
比夜晚
更低。更沉
比谷地更黑

## 死亡之诗（之一）

漆黑的夜里有一种笑声笑断我坟墓的木板
你可知道，这是一片埋葬老虎的土地

正当水面上渡过一只火红的老虎
你的笑声使河流漂浮
的老虎
断了两根骨头
正在这条河流开始在存有笑声的黑夜里结冰
断腿的老虎顺河而下，来到我的
窗前

一块埋葬老虎的木板
被一种笑声笑断两截

**死亡之诗（之二：采摘葵花）**　　——给凡·高的小叙事：自杀过程

雨夜偷牛的人
爬进了我的窗户
在我做梦的身子上
采摘葵花

我仍在沉睡
在我睡梦的身子上
开放了彩色的葵花
那双采摘的手
仍像葵花田中
美丽笨拙的鸽子

雨夜偷牛的人
把我从人类
身体中偷走
我仍在沉睡
我被带到身体之外
葵花之外，我是世界上
第一头母牛（死的皇后）
我觉得自己很美
我仍在沉睡

雨夜偷牛的人
于是非常高兴
自己变成了另外的彩色母牛
在我的身体中
兴高采烈地奔跑

喜马拉雅

高原悬在天空
天空向我滚来
我丢失了一切
面前只有大海

我是在我自己的远方
我在故乡的海底——
走过世界最高的地方
喜马拉雅　喜马拉雅

你是谁
饥饿
怀孕
把无尽的
滚过天空的头颅
放回天空

我从大海来到落日的中央
飞遍了天空找不到一块落脚之地
今日有粮食却没有饥饿
今天的粮食飞遍了天空

找不到一只饥饿的腹部
饥饿用粮食喂养
更加饥饿，奄奄一息
草原上的天空不可阻挡

嘴唇和我抱住河水
头颅和他的姐妹
在大河底部通向海洋
割下头颅的身子仍在世上
最高的一座山
仍在向上生长

## 九首诗的村庄

秋夜美丽
使我旧情难忘
我坐在微温的地上
陪伴粮食和水
九首过去的旧诗
像九座美丽的秋天下的村庄
使我旧情难忘

大地在耕种
一语不发，住在家乡
像水滴、丰收或失败
住在我心上

1987

# 两座村庄

和平与情欲的村庄
诗的村庄
村庄母亲昙花一现
村庄母亲美丽绝伦

五月的麦地上　天鹅的村庄
沉默孤独的村庄
一个在前一个在后
这就是普希金和我　诞生的地方

风吹在村庄
风吹在海子的村庄
风吹在村庄的风上
有一阵新鲜有一阵久远

北方星光照映南国星座
村庄母亲怀中的普希金和我
闺女和鱼群的诗人　安睡在雨滴中
是雨滴就会死亡！

夜里风大　听风吹在村庄
村庄静座　像黑漆漆的财宝
两座村庄隔河而睡
海子的村庄睡得更沉

1987.2 草稿；1987.5 改

27

## 麦地与诗人

询问　　　　　　　　答复

在青麦地上跑着　　　麦地
雪和太阳的光芒　　　别人看见你
　　　　　　　　　　觉得你温暖，美丽

诗人，你无力偿还　　我则站在你痛苦质问的中心
麦地和光芒的情义　　被你灼伤
　　　　　　　　　　我站在太阳 痛苦的芒上

一种愿望
一种善良　　　　　　麦地
你无力偿还　　　　　神秘的质问者啊


你无力偿还　　　　　当我痛苦地站在你的面前
一颗放射光芒的星辰　你不能说我一无所有
在你头顶寂寞燃烧　　你不能说我两手空空

　　　　　　　　　　麦地啊，人类的痛苦
　　　　　　　　　　是他放射的诗歌和光芒！

　　　　　　　　　　　　　1987

# 为什么

## 你不生活

## 在沙漠上

为什么你不生活在沙漠上
英雄的可怜而可爱的伴侣
我那唯一的人在何方?
用酒调着火所能留下的灰　写下几首诗?

我的形象开始上升
主宰着你的心灵!
孤独守候着
一个健康的声音!

绝望之神　你在何方？
为什么你不生活在沙漠上！
我是谁手里磨刀的石块？
我为何要把赤子带进海洋

海子躺在地上
天空上
海子的两朵云
说：
你要把事业留给兄弟　留给战友
你要把爱情留给姐妹　留给爱人
你要把孤独留给海子　留给自己

1987.5.27 夜书

# 祖国（或以梦为马）


我要做远方的忠诚的儿子
和物质的短暂情人
和所有以梦为马的诗人一样
我不得不和烈士和小丑走在同一道路上

万人都要将火熄灭
我一人独将此火高高举起
此火为大
开花落英于神圣的祖国
和所有以梦为马的诗人一样
我藉此火得度一生的茫茫黑夜

此火为大
祖国的语言和乱石投筑的梁山城寨
以梦为上的敦煌——那七月也会寒冷的骨骼
如雪白的柴和坚硬的条条白雪　横放在众神之山
和所有以梦为马的诗人一样
我投入此火
这三者是囚禁我的灯盏　吐出光辉

万人都要从我刀口走过
去建筑祖国的语言
我甘愿一切从头开始
和所有以梦为马的诗人一样
我也愿将牢底坐穿

众神创造物中只有我最易朽
带着不可抗拒的死亡的速度
只有粮食是我珍爱
我将她紧紧抱住
抱住她
在故乡生儿育女
和所有以梦为马的诗人一样
我也愿将自己埋葬在四周高高的山上
守望平静家园

面对大河我无限惭愧
我年华虚度　空有一身疲倦
和所有以梦为马的诗人一样
岁月易逝
一滴不剩
水滴中有一匹马儿一命归天

千年后如若我再生于祖国的河岸

千年后我再次拥有中国的稻田　和周天子的雪山　天马踢踏

和所有以梦为马的诗人一样

我选择永恒的事业

我的事业

就是要成为太阳的一生

他从古至今——"日"——他无比辉煌无比光明

和所有以梦为马的诗人一样

最后我被黄昏的众神抬入不朽的太阳


太阳是我的名字

太阳是我的一生

太阳的山顶埋葬

诗歌的尸体——千年王国和我

骑着五千年凤凰和名字叫"马"的龙——我必将失败

但诗歌本身以太阳必将胜利

1987

## 西藏

西藏，一块孤独的石头坐满整个天空
没有任何夜晚能使我沉睡
没有任何黎明能使我醒来

一块孤独的石头坐满整个天空
他说：在这一千年里我只热爱我自己

一块孤独的石头坐满整个天空
没有任何泪水使我变成花朵
没有任何国王使我变成王座

1988.8

## 春天

春天的时刻上登天空　　秋天的儿子
舔着十指上的鲜血　　　他去了何方
春天空空荡荡　　　　　千秋万代中那唯一的儿子
培养欲望　鼓吹死亡　　去了何方?

风是这样大　　　　　　女儿内心充满仇恨和寒冷
尘土这样强暴　　　　　想念你，爱着你，但看不见你
再也不愿从事埋葬　　　她没有你就像天空没有边缘
多少头颅破土而出　　　天空空空荡荡，一派生机
　　　　　　　　　　　我们无可奈何
春天，残酷的春天　　　我们无法生活在悲痛的中心
每一只手，每一位神
都鲜血淋淋　　　　　　天空上的光明
撕裂了大地胸膛　　　　你照亮我们
　　　　　　　　　　　给我们温暖的生命
太阳啊　　　　　　　　但我们不是为你而活着
你那愚蠢的儿子呢　　　我们活着只为了自我
他去了何方　　　　　　也只有短暂的一个春天的早晨
天空如此辽阔
　　　　　　　　　　　愿你将我宽恕
烧死在悲痛的表面　　　愿你在这原始的中心安宁而幸福地居住
大海啊　　　　　　　　你坐在太阳中央把斧子越磨越亮，放着光明
这阳光闪烁　　　　　　愿你在一个宁静的早晨将我宽恕
的悲痛表面　　　　　　将我收起在一个光明的中心
　　　　　　　　　　　愿我在这个宁静的早晨随你而去

忘却所有的诗歌
我会在中心安宁地居住，就像你一样
把他的斧子越磨越亮，吃，劳动，舞蹈
沉浸于太阳的光明

在羊群踩出的道上是羊群的灵魂蜂拥而过
在豹子踩出的道上是豹子的灵魂蜂拥而过
哪儿有我们人类的通道
有着锐利感觉的斧子
像光芒　在我胸口
越磨越亮

太阳的波浪
隐隐作痛
我进入太阳
粗糙而光明

那前一个夜晚
人类携带妻子
疯狂奔跑四散
这是春天
这是最后的春天
他们去了何方？

天空辽阔
低垂黄昏
人类破碎
我内心混沌一片
我面对着春天
我就是她的鲜血和黑暗

我内心浑浊而宁静
我在这里粗糙而光明
大地啊
你过去埋葬了我
今天又使我复活

和春天一起
沉默在我内部
天空之火在我内部
吹向旷野
旷野自己照亮

在最后的时刻　海底
在最后的黎明之前　他们去了何方？

1987.7 草稿；1988.2 二稿；1989.3 三稿

孤独

是

一只鱼筐

海子－著

山东人民出版社

国家一级出版社 全国百佳图书出版单位

# 目 录

# 海上

所有的日子都是海上的日子
穷苦的渔夫
肉疙瘩像一卷笨拙的绳索
在波浪上展开
想抓住远方
闪闪发亮的东西
其实那只是太阳的假笑
他抓住的只是几块会腐烂的木板：
房屋、船和棺材

成群游来鱼的脊背
无始无终
只有关于青春的说法
一触即断

1984.6

# 我，

## 以及其他的证人

故乡的星和羊群
像一支支白色美丽的流水
跑过
小鹿跑过
夜晚的目光紧紧追着

在空旷的野地上，发现第一枝植物
脚插进土地
再也拔不出
那些寂寞的花朵
是春天遗失的嘴唇

为自己的日子
在自己的脸上留下伤口
因为没有别的一切为我们作证

我和过去
隔着黑色的土地
我和未来
隔着无声的空气

我打算卖掉一切
有人出价就行
除了火种、取火的工具
除了眼睛
被你们打得出血的眼睛

一只眼睛留给纷纷的花朵
一只眼睛永不走出铁铸的城门
　　　黑井

1984.6

## 思念

**前生**

庄子在水中洗手
洗完了手，手掌上一片寂静
庄子在水中洗身
身子是一匹布
那布上粘满了
水面上漂来漂去的声音

庄子想混入
凝望月亮的野兽
骨头一寸一寸
在肚脐上下
像树枝一样长着

也许庄子是我
摸一摸树皮
开始对自己的身子
亲切
亲切又苦恼
月亮触到我

仿佛我是光着身子
光着身子
进出

母亲如门，对我轻轻开着

**我请求：**

**雨**

我请求熄灭

生铁的光、爱人的光和阳光

我请求下雨

我请求

在夜里死去

我请求在早上

你碰见

埋我的人

岁月的尘埃无边

秋天

我请求：

下一场雨

洗清我的骨头

我的眼睛合上

我请求：

雨

雨是一生过错

雨是悲欢离合

1985.3

# 月

炊烟上下
月亮是掘井的白猿
月亮是惨笑的河流上的白猿

多少回天上的伤口淌血
白猿流过钟楼
流过南方老人的头顶

掘井的白猿
村庄喂养的白猿
月亮是惨笑的白猿
月亮自己心碎
月亮早已心碎

## 在昌平的孤独

孤独是一只鱼筐　　　孤独是泉水中睡着的鹿王
是鱼筐中的泉水　　　梦见的猎鹿人
放在泉水中　　　　　就是那用鱼筐提水的人

以及其他的孤独

是柏木之舟中的两个儿子

和所有女儿，围着诗经桑麻沅湘木叶

在爱情中失败

他们是鱼筐中的火苗

沉到水底


拉到岸上还是一只鱼筐

孤独不可言说

1986

## 天鹅

夜里，我听见远处天鹅飞越桥梁的声音
我身体里的河水
呼应着她们

当她们飞越生日的泥土、黄昏的泥土
有一只天鹅受伤
其实只有美丽吹动的风才知道
她已受伤。她仍在飞行

而我身体里的河水却很沉重
就像房屋上挂着的门扇一样沉重
当她们飞过一座远方的桥梁
我不能用优美的飞行来呼应她们

当她们像大雪飞过墓地
大雪中却没有路通向我的房门
——身体没有门——只有手指
竖在墓地，如同十根冻伤的蜡烛

在我的泥土上
在生日的泥土上
有一只天鹅受伤
正如民歌手所唱

## 泪水

最后的山顶树叶渐红
群山似穷孩子的灰马和白马
在十月的最后一夜
倒在血泊中


在十月的最后一夜
穷孩子夜里提灯还家　泪流满面
一切死于中途　在远离故乡的小镇上
在十月的最后一夜


背靠酒馆白墙的那个人
问起家乡的豆子地里埋葬的人
在十月的最后一夜
问起白马和灰马为谁而死……鲜血殷红

他们的主人是否提灯还家
秋天之魂是否陪伴着他
他们是否都是死人
都在阴间的道路上疯狂奔驰

是否此魂替我打开窗户
替我扔出一本破旧的诗集
在十月的最后一夜
我从此不再写你

## 七月的大海

老乡们，谁能在海上见到你们真是幸福！
我们全都背叛自己的故乡
我们会把幸福当成祖传的职业
放下手中痛苦的诗篇

今天的白浪真大！老乡们，它高过你们的粮仓
如果我中止诉说，如果我意外地忘却了你
把我自己的故乡抛在一边
我连自己都放弃　更不会回到秋收　农民的家中

在七月我总能突然回到荒凉
赶上最后一次
我戴上帽子　穿上泳装　安静地死亡
在七月我总能突然回到荒凉

**哭泣**

哭泣 —— 一朵乌黑的火焰

我要把你接进我的屋子

屋顶上有两位天使拥抱在一起

哭泣 —— 我是湖面上最后一只天鹅

黑色的天鹅像我黑色的头发在湖水中燃烧

用你这黑色肉体的谷仓带走我

哭泣 —— 一朵乌黑的新娘

我要把你放在我的床上

我的泪水中有对自己的哀伤

1986.12

# 九月

目击众神死亡的草原上野花一片
远在远方的风比远方更远
我的琴声呜咽　泪水全无
我把这远方的远归还草原
一个叫马头　一个叫马尾
我的琴声呜咽　泪水全无

远方只有在死亡中凝聚野花一片
明月如镜高悬草原映照千年岁月
我的琴声呜咽　泪水全无
只身打马过草原

1986

**雨**　　　打一只火把走到船外去看山头被雨淋湿的麦地
　　　又弱又小的麦子

　　　然后在神像前把火把熄灭
　　　我们沉默地靠在一起
　　　你是一个仙女，住在庄园的深处

　　　月亮　你寒冷的火焰　你雨衣中裸体少女依然新鲜

　　　今天夜晚的火焰穿戴得像一朵鲜花
　　　在南方的天空上游泳
　　　在夜里游泳，越过我的头顶

　　　高地的小村庄又小又贫穷
　　　像一颗麦子
　　　像一把伞
　　　雨中裸体少女沉默不语

　　　贫穷孤独的少女　像女王一样　住在一把伞中
　　　阳光和雨水只能给你尘土和泥泞
　　　你在伞中，躲开一切
　　　拒绝泪水和回忆

## 晨雨时光

小马在草坡上一跳一跳
这青色麦地晚风吹拂
在这个时刻　我没有想到
五盏灯竟会同时亮起

青麦地像马的仪态　随风吹拂
五盏灯竟会一盏一盏地熄灭

往后　雨会下到深夜　下到清晨
天色微明
山梁上定会空无一人

不能携上路程
当众人齐集河畔　高声歌唱生活
我定会孤独返回空无一人的山峦

1987.5.24

## 北方的树林

槐树在山脚开花
我们一路走来
躺在山坡上　感受茫茫黄昏
远山像幻觉　默默停留一会

摘下槐花
槐花在手中放出香味
香味　来自大地无尽的忧伤
大地孑然一身　至今仍孑然一身

这是一个北方暮春的黄昏
白杨萧萧　草木葱茏
淡红色云朵在最后静止不动
看见了饱含香脂的松树

是啊，山上只有槐树　杨树和松树
我们坐下　感受茫茫黄昏
莫非这就是你我的黄昏
麦田吹来微风　顷刻沉入黑暗

1987.5

# 昌平柿子树

柿子树
镇子边的柿子树

枝叶稀疏的秋之树
我只能站在路口望着她

在镇子边的小村庄
有两棵秋天的柿子树

柿子树下
不是我的家

秋之树
枝叶稀疏的秋之树

1987.11.2

## 五月的麦地

全世界的兄弟们
要在麦地里拥抱
东方，南方，北方和西方
麦地里的四兄弟，好兄弟
回顾往昔
背诵各自的诗歌
要在麦地里拥抱

有时我孤独一人坐下
在五月的麦地　梦想众兄弟
看到家乡的卵石滚满了河滩
黄昏常存弧形的天空
让大地上布满哀伤的村庄
有时我孤独一人坐在麦地为众兄弟背诵中国诗歌
没有了眼睛也没有了嘴唇

1987.5

# 十四行：

## 夜晚的月亮

推开树林
太阳把血
放入灯盏

我静静坐在
人的村庄
人居住的地方

一切都和本原一样
一切都存入
人的世世代代的脸
一切不幸

我仿佛
一口祖先们
向后代挖掘的井。
一切不幸都源于我幽深而神秘的水

1985.6.19

# 秋

用我们横陈于地的骸骨

在沙滩上写下：青春。 然后背起衰老的父亲

时日漫长　方向中断

动物般的恐惧充塞着我们的诗歌


谁的声音能抵达秋之子夜　长久喧响

掩盖我们横陈于地上的骸骨——

秋已来临。

没有丝毫的宽恕和温情：秋已来临

1987.8

## 我飞遍草原的天空

草原上的天空不可阻挡

互相击碎的刀剑飞回家乡

佩在姐妹的脖子上

让乳房裸露，子夜的金银顺河流淌


月亮啊　月亮

把新娘的尸体抬到草原上

一只野花的杯子里　鬼魂千万

"我死在野花杯中　我也是一条命啊"


不可饶恕草原上的鬼魂

不可饶恕杀人的刀枪

不可饶恕埋人的石头

更不可饶恕　天空

我从大海来到落日的正中央
飞遍了天空找不到一块落脚之地
今日有粮食却没有饥饿
今天的粮食飞遍了天空

找不到一只饥饿的腹部
饥饿用粮食喂养
更加饥饿，奄奄一息
草原的天空不可阻挡

今天有家的　必须回家
今天有书的　必须读书
今天有刀的　必须杀人
草原的天空不可阻挡

1988.8.13 拉萨

# 春天，

## 十个海子

春天，十个海子全部复活
在光明的景色中
嘲笑这一个野蛮而悲伤的海子
你这么长久地沉睡究竟为了什么？

春天，十个海子低低地怒吼
围着你和我跳舞，唱歌
扯乱你的黑头发，骑上你飞奔而去，尘土飞扬
你被劈开的疼痛在大地弥漫

在春天，野蛮而悲伤的海子
就剩下这一个，最后一个
这是一个黑夜的孩子，沉浸于冬天，倾心死亡
不能自拔，热爱着空虚而寒冷的乡村

那里的谷物高高堆起，遮住了窗户
他们把一半用于一家六口人的嘴，吃和胃
一半用于农业，他们自己的繁殖
大风从东刮到西，从北刮到南，无视黑夜和黎明
你所说的曙光究竟是什么意思

1989.3.14 凌晨 3 点~4 点

今夜
我不关心人类，
我只想你

海子－著

山东人民出版社
国家一级出版社　全国百佳图书出版单位

# 目　录

# 新娘

故乡的小木屋、筷子、一缸清水
和以后许许多多日子
许许多多告别
被你照耀

今天
我什么也不说
让别人去说
让遥远的江上船夫去说
有一盏灯
是河流幽幽的眼睛
闪亮着
这盏灯今天睡在我的屋子里

过完了这个月，我们打开门
一些花开在高高的树上
一些果结在深深的地下

1984.7

## 爱情故事

两个陌生人
朝你的城市走来

今天夜晚
语言秘密前进
直到完全沉默

两个猎人
向这座城市走来
完全沉默的是土地
向王后走来
传出民歌沥沥
身后哒姆哒姆
淋湿了
迎亲的鼓
此心长得郁郁葱葱
代表无数的栖息与抚摸
两个陌生人
从不说话
向你的城市走来
是我的两只眼睛

1984.12

# 女孩子

她走来
断断续续地走来
洁净的脚印
沾满清凉的露水

她有些忧郁
望望用泥草筑起的房屋
望望父亲
她用双手分开黑发
一枝野樱花斜插着默默无语
另一枝送给了谁
却从没人问起

春天是风
秋天是月亮
在我感觉到时
她已去了另一个地方
那里雨后的篱笆像一条蓝色的
小溪

# 海上婚礼

海湾

蓝色的手掌

睡满了沉船和岛屿

一对对桅杆

在风上相爱

或者分开


风吹起你的

头发

一张棕色的小网

撒满我的面颊

我一生也不想挣脱


或者如传说那样

我们就是最早的

两个人

住在遥远的阿拉伯山崖后面

苹果园里

蛇和阳光同时落入美丽的小河

你来了

一只绿色的月亮

掉进我年轻的船舱

## 妻子和鱼

我怀抱妻子

就像水儿抱鱼

我一边伸出手去

试着摸到小雨水，并且嘴唇开花


而鱼是哑女人

睡在河水下面

常常在做梦中

独自一人死去


我看不见的水

痛苦新鲜的水

淹过手掌和鱼

流入我的嘴唇


水将合拢

爱我的妻子

小雨后失踪

水将合拢


没有人明白她水上

是妻子水下是鱼

或者水上是鱼

水下是妻子


离开妻子我

自己是一只

装满淡水的口袋

在陆地上行走

## 活在珍贵的人间

活在这珍贵的人间
太阳强烈
水波温柔
一层层白云覆盖着
我
踩在青草上
感到自己是彻底干净的黑土块

活在这珍贵的人间
泥土高溅
扑打面颊
活在这珍贵的人间
人类和植物一样幸福
爱情和雨水一样幸福

1985.1.12

## 写给脖子上的菩萨

呼吸，呼吸
我们是装满热气的
两只小瓶
被菩萨放在一起

菩萨是一位很愿意
帮忙的
东方女人
一生只帮你一次

这也足够了
通过她
也通过我自己
双手碰到了你，你的

呼吸

两片抖动的小红帆
含在我的唇间
菩萨知道
菩萨住在竹林里
她什么都知道
知道今晚
知道一切恩情
知道海水是我
洗着你的眉
知道你就在我身上呼吸
，呼吸①

菩萨愿意
菩萨心里非常愿意
就让我出生
让我长成的身体上
挂着潮湿的你

1985.4

---
① 原文如此。——编者注。

# 房屋

你在早上
碰落的第一滴露水
肯定和你的爱人有关
你在中午饮马
在一枝青丫下稍立片刻
也和她有关
你在暮色中
坐在屋子里，不动
还是与她有关

你不要不承认

巨日消隐，泥沙相合，狂风奔起
那雨天雨地哭得有情有意
而爱情房屋温情地坐着
遮蔽母亲也遮蔽儿子

遮蔽你也遮蔽我

1985

# 打钟

打钟的声音里皇帝在恋爱
一枝火焰里
皇帝在恋爱

恋爱，印满了红铜兵器的
神秘山谷
又有大鸟扑钟
三丈三尺翅膀
三丈三尺火焰

打钟的声音里皇帝在恋爱
打钟的黄脸汉子
吐了一口鲜血
打钟，打钟
一只神秘生物
头举黄金王冠
走于大野中央

"我是你爱人
我是你敌人的女儿
我是义军的女首领
对着铜镜
反复梦见火焰"

钟声就是这枝火焰
在众人的包围中
苦心的皇帝在恋爱

1985.5

# 九盏灯（组诗）

## 1. 少年儿子怀孕

呕吐的儿子　低音的鼓
伏在海水深处

而离你身体更近[①]
也就胀破了大地

一片草蛾
青草破了
他破在一个怀孕的花上

## 2. 月亮

海底下的大火，经过山谷中的月亮
经过十步以外的少女
风吹过月窟
少女在木柴上
每月一次，发现鲜血
海底下的大火咬着她的双腿
我看见远离大海的少女
脸上大火熊熊

八月的月窟同样大火熊熊
背负积水的少女走进痛苦的树林
那鲜血淋注的木柴排成的漆黑的树林

## 3. 初恋

在月亮上我双手捂住眼睛
在水滴中我双手捂住眼睛
月亮上一个丫头昏睡不醒
月亮上一个丫头明亮的眼睛
月亮上我披衣而起　身如水滴

## 4. 失恋之夜

我轻轻走过去关上窗户
我的手扶着自己　像清风扶着空空的杯子
我摸黑坐下　询问自己
杯中幸福的阳光如今何在?

我脱下破旧的袜子
想一想明天的天气

我的名字躺在我身边
像我重逢的朋友
我从没有像今夜这样珍惜自己

---

[①] 原稿中"身体"写成"离体"。——编者注。

1985;1986

# 半截的诗

你是我的
半截的诗
半截用心爱着
半截用肉体埋着
你是我的
半截的诗
不许别人更改一个字

## 爱情诗集

坐在烛台上
我是一只花圈
想着另一只花圈
不知道何时献上
不知道怎样安放

## 葡萄园之西的话语

也好
我感到
我被抬向一面贫穷而圣洁的雪地
我被种下，被一双双劳动的大手
仔仔细细地种下

于是，我感到所罗门的帐幔被一阵南风掀开
所罗门的诗歌
一卷卷
滚下山腰
如同泉水
打在我脊背上

涧中黑而秀美的脸儿
在我的心中埋下。也好
我感到我被抬向一面贫穷而圣洁的雪地
你这女子中极美丽的，你是我的棺材，我是你的棺材

                                        1986.8.25

# 给你（组诗）

1.

在赤裸的高高的草原上
我相信这一切：
我的脚，一颗牝马的心
两道犁沟，大麦和露水
在那高高的草原上，白云浮动
我相信天才，耐心和长寿
我相信有人正慢慢地艰难地爱上我
别的人不会，除非是你
我俩一见钟情
在那高高的草原上
赤裸的草原上
我相信这一切
我相信我俩一见钟情

2.

我爱你
跑了很远的路
马睡在草上
月亮照着他的鼻子

3.

爱你的时刻
住在旧粮仓里
写诗在黄昏

我曾和你在一起
在黄昏中坐过
在黄色麦田的黄昏
在春天的黄昏
我该对你说些什么

黄昏是我的家乡
你是家乡静静生长的姑娘
你是在静静的情义中生长
没有一点声响
你一直走到我心上

4.

当她在北方草原摘花的时候
我的双手驶过南方水草
用十指拨开
寂寞的家门

她家木门下几个姐妹的脸
亲人的脸
像南方的雨
真正的雨水
落在我头上

5.

冬天的人
像神祇一样走来
因为我在冬天爱上了你

1986.8

# 给 B 的生日①

天亮我梦见你的生日
好像羊羔滚向东方
——那太阳升起的地方

黄昏我梦见我的死亡
好像羊羔滚向西方
——那太阳落下的地方

秋天来到，一切难忘
好像两只羊羔在途中相遇
在运送太阳的途中相遇
碰碰鼻子和嘴唇
——那友爱的地方
那秋风吹凉的地方
那片我曾经吻过的地方

1986.9.10

---

① B 为海子初恋的女友，中国政法大学 1983 级
学生。——编者注。

## 我感到魅惑

天上的音乐不会是手指所动
手指本是四肢安排的花豆
我的身子是一份甜蜜的田亩

我感到魅惑
我就想在这条魅惑之河上渡过我自己
我的身子上还有拔不出的春天的钉子

我感到魅惑
美丽女儿，一流到底
水儿仍旧从高向低

坐在三条白蛇编成的篮子里
我有三次渡过这条河
我感到流水滑过我的四肢
一只美丽鱼婆做成我缄默的嘴唇

我看见，风中飘过的女人
在水中产下卵来
一片霞光中露出来的长长的卵

我感到魅惑
满脸草绿的牛儿
倒在我那牧场的门厅

我感到魅惑
有一种蜂箱正沿河送来
蜂箱在睡梦中张开许多鼻孔

有一只美丽的鸟面对树枝而坐
我感到魅惑

我感到魅惑
小人儿，既然我们相爱
我们为什么还在河畔拔柳哭泣

1986.9

# 北斗七星

## 七座村庄 ——献给萍水相逢的额济纳姑娘

村庄　水上运来的房梁　漂泊不定
还有十天　我就要结束漂泊的生涯
回到五谷丰盛的村庄　废弃果园的村庄
村庄　是沙漠深处你所居住的地方　额济纳！

秋天的风早早地吹　秋天的风高高地吹
静静面对额济纳
白杨树下我吹灭你的两只眼睛
额济纳　大沙漠上静静的睡

额济纳姑娘　我黑而秀美的姑娘
你的嘴唇在诉说　在歌唱
五谷的风儿吹过骆驼和牛羊
翻过沙漠　你是镇子上最令人难忘的姑娘

1986

# 七月不远　　　　　——给青海湖，请熄灭我的爱情


七月不远
性别的诞生不远
爱情不远——马鼻子下
湖泊含盐

因此青海不远
湖畔一捆捆蜂箱
使我显得凄凄迷人：
青草开满鲜花

青海湖上
我的孤独如天堂的马匹
（因此，天堂的马匹不远）

我就是那个情种：诗中吟唱的野花
天堂的马肚子里唯一含毒的野花
（青海湖，请熄灭我的爱情！）

野花青梗不远，医箱内古老姓氏不远
（其他的浪子，治好了疾病
已回原籍，我这就想去见你们）

因此跋山涉水死亡不远
骨骼挂遍我身体
如同蓝色水上的树枝

啊，青海湖，暮色苍茫的水面
一切如在眼前！

只有五月生命的鸟群早已飞去
只有饮我宝石的头一只鸟早已飞去
只剩下青海湖，这宝石的尸体
　　　　　　　暮色苍茫的水面

1986

## 灯

我们坐在灯上　　　　　　　（灯
我们火光通明　　　　　　　只有你
我们做梦的胳膊搂在一起　　你仿佛无鞋
我们栖息的桌子飘向麦地　　你总是行色匆匆）
我们安坐的灯火涌向星辰　　灯，你的名字
　　　　　　　　　　　　　掌在我手上

灯光，我明丽又温暖
的橘黄的雪　　　　　　　　灯，月亮上
披上新娘的微黄的发辫　　亮起的心
　　　　　　　　　　　　　和眼睛

灯
躲在山谷
躲在北方山顶的麦地

灯啊
我们做梦的房子飘向麦田
桌子上安放求婚的杯盏
祈求和允诺的嘴唇
是灯

灯
一丛美丽
暖和
一个名字
我的秘密
我的新娘
叫小灯

灯
明天的雪中新娘
安坐在屋中
你为什么无鞋
你为什么
竖起一根通红的手指
挡住出嫁日期

1985；1987

**献诗**　　　　——给 S

谁在美丽的早晨
谁在这一首诗中

谁在美丽的火中　飞行
并对我有无限的赠予

谁在炊烟散尽的村庄
谁在晴朗的高空

天上的白云
是谁的伴侣

谁身体黑如夜晚　两翼雪白
在思念　在鸣叫

谁在美丽的早晨
谁在这一首诗中

　　　　　　1987.2.11

## 十四行：

## 王冠

我所热爱的少女
河流的少女
头发变成了树叶
两臂变成了树干

你既然不能做我的妻子
你一定要成为我的王冠
我将和人间的伟大诗人一同佩戴
用你美丽叶子缠绕我的竖琴和箭袋

秋天的屋顶　时间的重量
秋天又苦又香
使石头开花　像一顶王冠

秋天的屋顶又苦又香
空中弥漫着一顶王冠
被劈开的月桂和扁桃的苦香

1987.8.19 夜

**青海湖**

这骄傲的酒杯
为谁举起
荒凉的高原

天空上的鸟和盐　为谁举起

波涛从孤独的十指退去
白鸟的岛屿，儿子们围住
在相距遥远的肮脏镇上。

一只骄傲的酒杯
青海的公主　请把我抱在怀中
我多么贫穷，多么荒芜，我多么肮脏
一双雪白的翅膀也只能给我片刻的幸福

我看见你从太阳中飞来
蓝色的公主　青海湖
我孤独的十指化为天空上雪白的鸟

1988.7.25

# 日记

姐姐，今夜我在德令哈，夜色笼罩
姐姐，我今夜只有戈壁

草原尽头我两手空空
悲痛时握不住一颗泪滴
姐姐，今夜我在德令哈
这是雨水中一座荒凉的城

除了那些路过的和居住的
德令哈……今夜
这是唯一的，最后的，抒情。
这是唯一的，最后的，草原。

我把石头还给石头
让胜利的胜利
今夜青稞只属于她自己
一切都在生长
今夜我只有美丽的戈壁 空空
姐姐，今夜我不关心人类，我只想你

1988.7.25 火车经德令哈

## 四姐妹

荒凉的山岗上站着四姐妹
所有的风只向她们吹
所有的日子都为她们破碎

空气中的一棵麦子
高举到我的头顶
我身在这荒芜的山岗
怀念我空空的房间，落满灰尘

我爱过的这糊涂的四姐妹啊
光芒四射的四姐妹
夜里我头枕卷册和神州
想起蓝色远方的四姐妹
我爱过的这糊涂的四姐妹啊
像爱着我亲手写下的四首诗
我的美丽的结伴而行的四姐妹
比命运女神还要多出一个
赶着美丽苍白的奶牛　走向月亮形的山峰
到了二月，你是从哪里来的
天上滚过春天的雷，你是从哪里来的
不和陌生人一起来
不和运货马车一起来
不和鸟群一起来

四姐妹抱着这一棵

一棵空气中的麦子

抱着昨天的大雪，今天的雨水

明日的粮食与灰烬

这是绝望的麦子

请告诉四姐妹：这是绝望的麦子

永远是这样

风后面是风

天空上面是天空

道路前面还是道路

1989.2.23

从明天起，
做一个
幸福的人

海子-著

山东人民出版社

国家一级出版社　全国百佳图书出版单位

目 录

# 村庄

村庄里住着
母亲和儿子
儿子静静地长大
母亲静静地注视

芦花丛中
村庄是一只白色的船
我妹妹叫芦花
我妹妹很美丽

1984

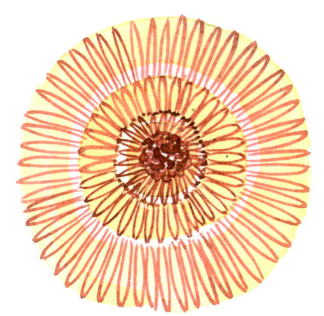

## 夏天的太阳

夏天
如果这条街没有鞋匠

我就打赤脚
站到太阳下看太阳

我想到在白天出生的孩子
一定是出于故意

你来人间一趟
你要看看太阳

和你的心上人
一起走在街上

了解她
也要了解太阳

（一组健康的工人正午抽着纸烟）

1985.1

## 熟了麦子

那一年
兰州一带的新麦
熟了

在水面上
混了三十多年的父亲
回家来                      油灯下
                            认清是三叔

坐着羊皮筏子
回家来了                    老哥俩
                            一宵无言

有人背着粮食
夜里推门进来                只有水烟锅
                            咕噜咕噜

                            谁的心思也是
                            半尺厚的黄土
                            熟了麦子呀!

                            1985.1.20

**明天醒来**

**我会在哪一只鞋子里**

我想我已经够小心翼翼的

我的脚趾正好十个

我的手指正好十个

我生下来时哭几声

我死去时别人又哭

我不声不响地

带来自己这个包袱

尽管我不喜爱自己

但我还是悄悄打开

我在黄昏时坐在地球上

我这样说并不表明晚上

我就不在地球上　早上同样

地球在你屁股下

结结实实

老不死的地球你好

或者我干脆就是树枝

我以前睡在黑暗的壳里

我的脑袋就是我的边疆

就是一颗梨

在我成形之前

我是知冷知热的白花

或者我的脑袋是一只猫

安放在肩膀上

造我的女主人荷月远去

成群的阳光照着大猫小猫

我的呼吸

一直在证明

树叶飘飘

我不能放弃幸福

或相反

我以痛苦为生

埋葬半截

来到村口或山上

我盯住人们死看：

呀，生硬的黄土，人丁兴旺

1985.6.6

# 城里

面对棵棵绿树  这城里
坐着  有我的一份工资
一动不动  有我的一份水
汽车声音响起在  这城里
脊背上  我爱着一个人
我这就想把我这  我爱着两只手
盖满落叶的旧外套  我爱着十只小鱼
寄给这城里  跳进我的头发
任何一个人  我最爱煮熟的麦子
  谁在这城里快活地走着
  我就爱谁

1985

# 给母亲（组诗）

## 1. 风

风很美　果实也美
小小的风很美
自然界的乳房也美

水很美　水啊
无人和你
说话的时刻很美

你家中破旧的门
遮住的贫穷很美

风　吹遍草原
马的骨头　绿了

## 2. 泉水

泉水　泉水
生物的嘴唇
蓝色的母亲
用肉体
用野花的琴
盖住岩石
盖住骨头和酒杯

## 3. 云

母亲
老了，垂下白发
母亲你去休息吧
山坡上伏着安静的儿子
就像山腰安静的水
流着天空

我歌唱云朵
雨水的姐妹
美丽的求婚
我知道自己颂扬情侣的诗歌没有了用场

我歌唱云朵
我知道自己终究会幸福
和一切圣洁的人
相聚在天堂

## 4. 雪

妈妈又坐在家乡的矮凳子上想我
那一只凳子仿佛是我积雪的屋顶

妈妈的屋顶
明天早上
霞光万道
我要看到你
妈妈，妈妈
你面朝谷仓
脚踩黄昏
我知道你日见衰老

## 5. 语言和井

语言的本身
像母亲
总有话说，在河畔
在经验之河的两岸
在现象之河的两岸
花朵像柔美的妻子
倾听的耳朵和诗歌
长满一地
倾听受难的水

水落在远方

1984；1985；1986 再改

# 坐在纸箱上

## 想起疯了的朋友们


旧菊花安全
旧枣花安全
扪摸过的一切
都很安全

地震时天空很安全
伴侣很安全
喝醉酒时酒杯很安全
心很安全

　　　　　　　1986.2

## 感动

早晨是一只花鹿
踩到我额上
世界多么好
山洞里的野花
顺着我的身子
一直烧到天亮
一直烧到洞外
世界多么好

而夜晚，那只花鹿
的主人，早已走入
土地深处，背靠树根
在转移一些
你根本无法看见的幸福
野花从地下
一直烧到地面

野花烧到你脸上
把你烧伤
世界多么好
早晨是山洞中
一只踩人的花鹿

1986

## 海子小夜曲

以前的夜里我们静静地坐着
我们双膝如木
我们支起了耳朵
我们听得见平原上的水和诗歌
这是我们自己的平原,夜晚和诗歌

如今只剩下我一个
只有我一个双膝如木
只有我一个支起了耳朵
只有我一个听得见平原上的水
　　诗歌中的水
在这个下雨的夜晚
如今只剩下我一个
为你写着诗歌
这是我们共同的平原和水
这是我们共同的夜晚和诗歌

是谁这么说过　海水
要走了　要到处看看
我们曾在这儿坐过

1986.8

## 黄金草原

草原上的羊群
在水泊上照亮了自己
像白色温柔的灯
睡在男人怀抱中

而牧羊人来自黄金草原
头颅像一颗树根
把羊抱进谷仓里
然后面对黄金和酒杯
称呼你为女人

女人，我知心的朋友
风吹来风吹去
你如星的名字
或者羊肉的腥

你在山崖下睡眠
七只绵羊七颗星辰
你含在我口中似雪未化
你是天空上的羊群

## 怅望祁连（之一）

那些是在过去死去的马匹
在明天死去的马匹
因为我的存在
它们在今天不死
它们在今天的湖泊里饮水食盐

天空上的大鸟
从一颗樱桃
或马骷髅中
射下雪来
于是马匹无比安静
这是我的马匹
它们只在今天的湖泊里饮水食盐

1986

## 怅望祁连（之二）

星宿　刀　乳房
这就是雪水上流下来的东西
　　　"亡我祁连山，使我牛羊不蕃息
　　　失我胭脂山，令我妇女无颜色"
只有黑色牲畜的尾巴
鸟的尾巴
鱼的尾巴
儿子们脱落的尾巴
像七种蓝星下
插在屁股上的麦芒
风中拂动
雪水中拂动

1986

# 云朵

西藏村庄　　　　　　　　当经幡吹响
神秘的村庄　　　　　　　你多像无人居住的村庄
忧伤的村庄　　　　　　　当经幡五颜六色如我受伤的头发迎风飘扬
你躺倒在路上　　　　　　你多像无人居住的村庄
你不姓李也不姓王
你嫁给的男人
脾气怎么样　　　　　　　当藏族老乡亲在屋顶下酣睡
神秘的村庄　　　　　　　你多像无人居住的村庄
忧伤的村庄　　　　　　　像周围的土墙画满慈祥的佛像
你生了几个儿子　　　　　你多像无人居住的村庄
有哪些闺女已嫁到远方
神秘的村庄　　　　　　　　　　　　　1986.12.15
忧伤的村庄

## 月光

今夜美丽的月光　你看多好！
照着月光
饮水和盐的马
和声音

今夜美丽的月光　你看多美丽
羊群中　生命和死亡宁静的声音
我在倾听！

这是一只大地和水的歌谣，月光！

不要说　你是灯中之灯　月光！

不要说心中有一个地方
那是我一直不敢梦见的地方
不要问　桃子对桃花的珍藏
不要问　打麦大地　处女　桂花和村镇
今夜美丽的月光　你看多好！

不要说死亡的烛光何须倾倒
生命依然生长在忧愁的河水上
月光照着月光　月光普照
今夜美丽的月光合在一起流淌

1986.7 初稿

1987.5 改

## 夜晚

### 亲爱的朋友

在什么树林，你酒瓶倒倾
你和泪饮酒，在什么树林，把亲人埋葬

在什么河岸，你最寂寞
搬进了空荡的房屋，你最寂寞，点亮灯火

什么季节，你最惆怅
放下了忙乱的箩筐
大地茫茫，河水流淌
是什么人掌灯，把你照亮

哪辆马车，载你而去，奔向远方
奔向远方，你去而不返，是哪辆马车

1987.5.20 黄昏

## 幸福的一日　　——致秋天的花楸树

我无限地热爱着新的一日
今天的太阳　今天的马　今天的花楸树
使我健康　富足　拥有一生

从黎明到黄昏
阳光充足
胜过一切过去的诗
幸福找到我
幸福说："瞧　这个诗人
他比我本人还要幸福"

在劈开了我的秋天
在劈开了我的骨头的秋天
我爱你，花楸

1987

## 重建家园

在水上　放弃智慧
停止仰望长空
为了生存你要流下屈辱的泪水
来浇灌家园

生存无须洞察
大地自己呈现
用幸福也用痛苦
来重建家乡的屋顶

放弃沉思和智慧
如果不能带来麦粒
请对诚实的大地
保持缄默　和你那幽暗的本性

风吹炊烟
果园就在我身旁静静叫喊
"双手劳动
　　慰藉心灵"

1987

## 太阳和野花　　　——给ＡＰ

太阳是他自己的头
野花是她自己的诗

我对你说
你的母亲不像我的母亲

在月光照耀下
你的母亲是樱桃
我的母亲是血泪

我对天空说
月亮，她是你篮子里纯洁的露水
太阳，我是你场院上发疯的钢铁

太阳是他自己的头
野花是她自己的诗
在一株老榆树底下
平原上
流过我的骨头

在猎人夫妻的眼中　在山地
那自由的尸首
淌向何方

两位母亲在不同的地方梦着我

两位女儿在不同的地方变成了母亲
当田野还有百合，天空还有鸟群
当你还有一张大弓、满袋好箭
该忘记的早就忘记
该留下的永远留下

太阳是他自己的头
野花是她自己的诗

总是有寂寞的日子
总是有痛苦的日子
总是有孤独的日子
总是有幸福的日子
然后再度孤独

是谁这么告诉过你：
答应我
忍住你的痛苦
不发一言
穿过这整座城市
远远地走来
去看看他　去看看海子
他可能更加痛苦
他在写一首孤独而绝望的诗歌
　　死亡的诗歌

他写道：

平原上

流过我的骨头

当高原的人　在榆树底下休息

当猎人和众神

或起或坐，时而相视，时而相忘

当牛羊和牛羊在草上

看见一座悬崖上

牧羊人堕下，额角流血

再也救不活他了——

他写道：

平原上

流过我的骨头

这时，你要

去看看他

答应我

忍住你的痛苦

不发一言

穿过这整座城市

那个牧羊人

也许会被你救活

你们还可以成亲

在一对大红蜡烛下

这时他就变成了我

我会在我自己的胸脯找到一切幸福

红色荷包、羊角、蜂巢、嘴唇

和一对白羊儿般的乳房

我会给你念诗：

太阳是他自己的头

野花是她自己的诗

到那时　到那一夜

也可以换句话说：

太阳是野花的头

野花是太阳的诗

他们只有一颗心

他们只有一颗心

1988.5.16 夜

删 86 年以来许多旧诗稿而得

23

# 远方

远方除了遥远一无所有

遥远的青稞地
除了青稞　一无所有

更远的地方　更加孤独
远方啊　除了遥远　一无所有

这时　石头
飞到我身边

石头　长出　血
石头　长出　七姐妹

站在一片荒芜的草原上

那时我在远方
那时我自由而贫穷

这些不能触摸的　姐妹
这些不能触摸的　血
这些不能触摸的　远方的幸福
远方的幸福　是多少痛苦

1988.8.19 萨迦夜色，21 拉萨

# 黑　翅　膀

今夜在日喀则，上半夜下起了小雨
只有一串北方的星，七位姐妹
紧咬雪白的牙齿，看见了我这一对黑翅膀

北方的七星　照不亮世界
牧女头枕青稞独眠一天的地方今夜满是泥泞
今夜在日喀则，下半夜天空满是星辰

但夜更深就更黑，但毕竟黑不过我的翅膀
今夜在日喀则，借床休息，听见婴儿的哭声
为了什么这个小人儿感到委屈？是不是因为她感到了黑夜中的幸福

愿你低声啜泣　但不要彻夜不眠
我今夜难以入睡是因为我这双黑过黑夜的翅膀
我不哭泣　也不歌唱　我要用我的翅膀飞回北方

飞回北方　北方的七星还在北方
只不过在路途上指示了方向，就像一种思念
她长满了我的全身　在烛光下酷似黑色的翅膀

1987.7

**面朝大海，**

**春暖花开**

从明天起，做一个幸福的人
喂马，劈柴，周游世界
从明天起，关心粮食和蔬菜
我有一所房子，面朝大海，春暖花开

从明天起，和每一个亲人通信
告诉他们我的幸福
那幸福的闪电告诉我的
我将告诉每一个人

给每一条河每一座山取一个温暖的名字
陌生人，我也为你祝福
愿你有一个灿烂的前程
愿你有情人终成眷属
愿你在尘世获得幸福
我只愿面朝大海，春暖花开

1989.1.13

## 拂晓

苍茫的拂晓，黎明

穿上你好久没穿的旧裙子，跟我走

夜的女儿，朝霞的姐妹，黎明

穿过这些山峰，坐落

在这些粗笨的远方和近处

穿过大地的头颅

和河畔这些无人问津的稀疏的荒草

跟我走吧，黎明


你是太阳之火顶端

青色的烟飘渺不定

你就是深夜里刚刚消失又骤然升起的歌声

你穿着一件昨夜弄脏的衣裙走向今天

你嘴里叼着光芒和刀子，披散下的头发遮住

　　　眼睛、乳房和面容

提着包袱，渡过肮脏的日子，跟我走吧
这鲜血的包袱一路喧闹
一路喧闹，不得安宁
带上你褐色的地母的乳房跟我走吧
哪怕包袱里只有地瓜，乳房里只有水土
悄悄沿着这原始的大地走去
肮脏的大河在尽头猛然将我们推向海洋

苍茫的拂晓，原始的女人
原始的日子中原始的母亲
陌生的妻子披着鱼皮
在海上遨游着产籽的女儿

敲打着船壳　海洋的埋葬
　　太平洋上没有一口钟和一棵梅树
　　没有一枝梅花在太平洋上开放
　　只有镇子中央
　　废弃不用的土和石头
　　堆成的荒凉山坡


　　跟我走吧，黎明
　　所有的你都是同一个你
　　　我难以分辨
　　　谁是你　谁是真正的你
　　　谁又再一次是你
　　　绝望的只是你
　　　永不离开的你
　　　不在天地间消失


　　　　所有的你都默默包扎着死去的你
　　　　年老丑陋的女王，这黑夜内部无穷无尽的母亲女王
　　　　我早就说过，断头流血的是太阳
　　　　所有的你都默默流向同一个方向
　　　　断头台是山脉全部的地方
　　　　跟我走吧，抛掷头颅，洒尽热血，黎明
　　　　新的一天正在来临

1989.2.24

**黑夜的献诗**　　　　　　　献给黑夜的女儿

黑夜从大地上升起
遮住了光明的天空
丰收后荒凉的大地
黑夜从你内部上升

你从远方来，我到远方去
遥远的路程经过这里
天空一无所有
为何给我安慰

丰收之后荒凉的大地
人们取走了一年的收成
取走了粮食骑走了马
留在地里的人，埋得很深

草杈闪闪发亮，稻草堆在火上

稻谷堆在黑暗的谷仓

谷仓中太黑暗，太寂静，太丰收

也太荒凉，我在丰收中看到了阎王的眼睛


黑雨滴一样的鸟群

从黄昏飞入黑夜

黑夜一无所有

为何给我安慰


走在路上

放声歌唱

大风刮过山冈

上面是无边的天空

1989.2.2